MATHIEU

Loi n° 49.956 du 16 juillet 1949 sur les publications
destinées à la jeunesse: septembre 1991
Dépôt légal: septembre 1991
Imprimé en France par Mame à Tours

GRÉGOIRE SOLOTAREFF

MATHIEU

lutin poche de l'école des loisirs
11, rue de Sèvres, Paris 6e

Il y avait une fois un petit souriceau appelé Mathieu qui passait son temps à rêver à des choses impossibles: ne pas aller à l'école, faire obéir ses amis et même les grandes personnes, être gentil avec tout le monde comme on le lui demandait, etc., etc.
Ces rêves le rendaient triste, car il savait bien que la vie n'était pas comme ça.

Et pourtant!
Un jour Mathieu se leva de très bonne humeur. Il se dit:
«Au fond, je crois que tout est possible dans la vie. Il suffit de prendre un livre de magie, d'apprendre tout ce qu'il y a dedans et devenir ainsi un vrai, un grand, le plus grand de tous les magiciens; celui qui fait des choses que personne ne peut expliquer.»

Mathieu avait tellement envie de devenir ce magicien extraordinaire qu'il se mit à apprendre à lire à toute vitesse, à compter parfaitement, à dessiner comme il voulait. Il lut des livres sur tout, apprit énormément de choses. Quand il fut prêt, il alla chercher le Livre de Magie. Seulement personne ne savait où était ce livre.

Mathieu se rendit dans toutes les bibliothèques qui existaient.

Même en vacances, il lisait, lisait, lisait. Mathieu grandit pendant cette période, car il fallait beaucoup de temps pour lire autant de livres. De petit souriceau il devint simplement souriceau.

Enfin, un jour, il sut qu'il avait trouvé le Livre de Magie.

La première chose magique qu'il réussit fut de faire obéir ses parents *uniquement avec un regard.*

« Pour commencer, dit Mathieu, aujourd'hui je ne veux pas aller à l'école. Ensuite, je veux que Maman ne me fasse plus que des crêpes pour déjeuner et pour dîner. Enfin, que vous m'achetiez la voiture la plus rapide du monde. Je voudrais qu'elle soit rouge. »

« Bien mon chéri, dirent ses parents, c'est comme tu veux. »

« Oui, dit Mathieu, c'est comme je veux et c'est bien comme ça. »

Les gens étaient étonnés et même effrayés de voir Mathieu conduire une voiture de course dans la rue, mais ils ne disaient rien, car Mathieu les faisait taire par magie.
« Ce n'est pas la peine de vous offusquer, ce n'est pas la peine de vitupérer, c'est moi qui décide de faire ce que je fais et j'ai le droit de tout faire », disait Mathieu.
« Comme vous voulez », disait tout le monde.
« Oui, c'est comme je veux, disait Mathieu, et c'est bien comme ça. »
Rien ni personne ne lui résistait.

Un matin, Mathieu décida d'aller à l'école, car il n'avait plus envie de ne pas y aller.

Pendant la classe, il entendit le professeur dire «ekcetera» au lieu de «et caetera», et «un espèce d'idiot» au lieu de «une espèce d'idiot».

Il descendit de son siège et alla tirer légèrement l'oreille du professeur en disant calmement:

«Ce n'est pas bien de dire *ekcetera.* Et je te ferai remarquer qu'il faut dire *une espèce d'idiot.* Comme punition, tu auras cette phrase à copier cent fois dans ton cahier: *Je ne dois pas être injuste avec mes*

élèves, car moi-même je fais des fautes que le magicien Mathieu appelle, à juste titre, des marques d'ignorance.»

«Bien, répondit le professeur, c'est comme tu veux.»

«Oui, dit Mathieu, c'est comme je veux et c'est bien comme ça.»

Mathieu ne pouvait s'empêcher de faire obéir même ses meilleurs amis, ses amis de toujours. Et lorsqu'ils restaient avec lui parce que Mathieu leur disait «Reste!» ils étaient si malheureux et si tristes que Mathieu finissait par leur dire «Va-t'en!» Si bien que Mathieu ne trouva plus pour compagnons que ceux qui aimaient lui obéir comme des soldats, et ces gens-là, il s'en lassa, évidemment.
«Allez-vous-en! Je ne veux plus voir personne! Vous entendez? Personne!»
Tout le monde lui obéit une fois encore et Mathieu se trouva tout à fait seul.

Mathieu dut changer de chambre, car la sienne était trop petite pour contenir tout ce qu'il avait acheté, puis il dut changer de maison pour la même raison.

La maison qu'il se fit construire était au milieu d'un si grand jardin qu'il devait marcher des heures pour rencontrer quelqu'un.
Et le plus souvent, il ne rencontrait personne.

Le temps paraissait bien long à Mathieu. Il ne put supporter longtemps la solitude et se rapprocha de ses amis et de ses parents sans plus utiliser la magie.

Seulement, on était si habitué à lui obéir que lorsque Mathieu s'écriait: «Mais assez d'obéir! Vous ne savez donc pas faire autre chose?» les gens répondaient: «Bien. Nous n'allons plus obéir, c'est comme tu veux, Mathieu.»

Mais en disant cela ils lui obéissaient une fois de plus. Alors Mathieu entrait dans une colère noire et tout le monde s'enfuyait.

Mathieu se dit qu'en changeant de pays personne ne saurait qu'il était magicien; on le traiterait comme avant, et il aurait à nouveau de vrais amis.

Alors il s'en alla.

Mais dès que son avion atterrit dans le pays qu'il avait choisi, la police lui tomba dessus et lui demanda ce qu'il faisait sans ses parents. Comme il ne voulait plus utiliser la magie, il ne résista pas et fut immédiatement renvoyé chez lui.

COMMENT OUBLIER LA MAGIE. C'était le titre d'un livre que Mathieu découvrit en cherchant une solution à son problème. C'était aussi un livre de magie, ou plutôt un livre d'anti-magie, et Mathieu le lut entièrement. À la fin du livre, il avait totalement oublié la magie et était redevenu exactement comme avant, si ce n'est qu'il était à présent un vrai savant.

Lorsqu'il alla se promener sur la falaise où il allait autrefois – en fait seulement quelques années plus tôt –, il regarda la mer et vit un poisson qui sautait tout à fait normalement. Il se dit que la magie n'existait pas, certainement pas, et qu'elle n'avait jamais existé malgré tout ce qu'on pouvait raconter, sinon le poisson n'aurait pas sauté normalement.

Il retourna voir ses amis qui l'avaient quitté. En jouant à colin-maillard, il repensa à tous ses rêves d'autrefois. Ne plus aller à l'école ? Maintenant il n'en avait plus besoin, il en savait beaucoup plus que tous ses professeurs.
Faire obéir tout le monde ? Quelle horreur ! Des amis qui sont toujours d'accord avec vous ? Ce ne sont pas des amis ! On ne peut même plus se disputer avec eux.

Quand il descendit sur la plage le lendemain, il retrouva sa meilleure amie d'avant, Mathilde. Pendant qu'elle lui parlait – elle était très bavarde –, il pensa qu'il l'aimait bien et qu'il était assez heureux.

À la fin de la journée, il alla voir son ami Vincent et fit une partie de cartes avec lui. En jouant, il repensa à son dernier rêve: être gentil avec tout le monde.

Il ne savait même pas pourquoi il avait rêvé une chose pareille. Personne ne peut être gentil avec tout le monde. C'est impossible! IM-POS-SIBLE.

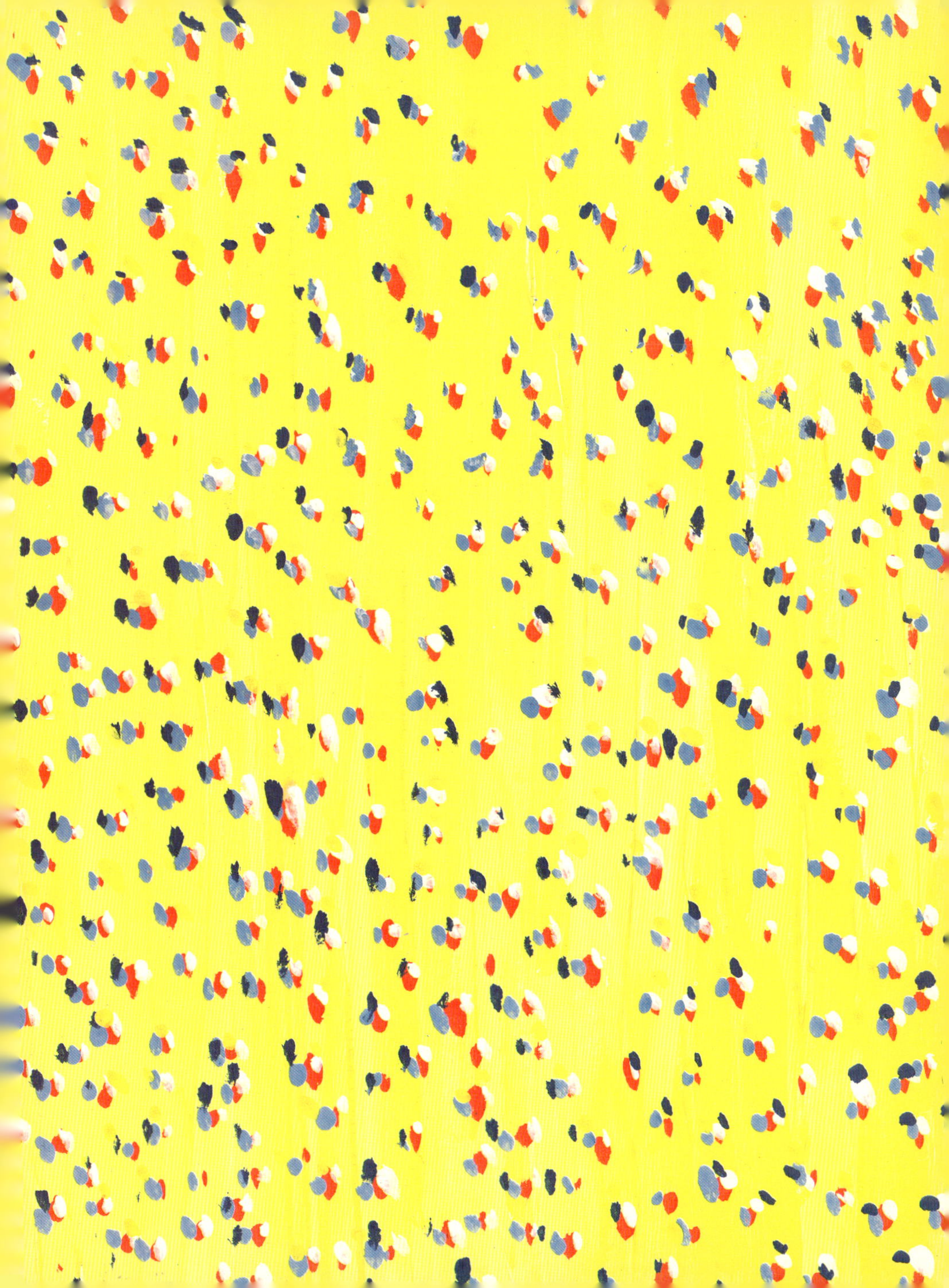